Analyse de l'œuvre

Par Alba Díez de Ure

Carol

Patricia Highsmith

lePetitLittéraire.fr

Analyse de l'œuvre

Par Alba Díez de Ure

Carol

Patricia Highsmith

lePetitLittéraire.fr

Rendez-vous sur lepetitlitteraire.fr et découvrez :

Plus de 1200 analyses
Claires et synthétiques
Téléchargeables en 30 secondes
À imprimer chez soi

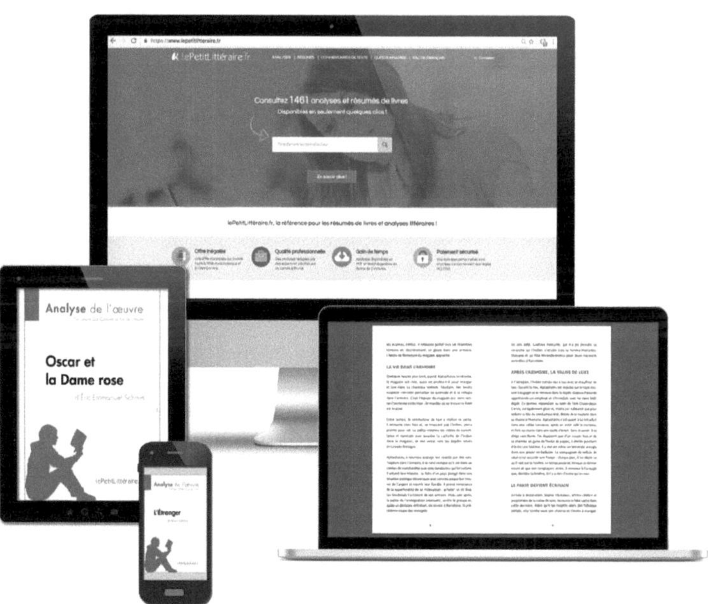

PATRICIA HIGHSMITH   5

Romancière américaine   5

CAROL   7

L'amour avec une fin heureuse   7

RÉSUMÉ   9

Une rencontre qui change tout   9
Un sentiment sans nom grandit   10
Le road trip : une évasion et un amour sincère   11
L'amour en danger   11
Carol s'abandonne et Thérèse est transformée   12

ÉTUDE DE CARACTÈRE   14

Thérèse Belivet   14
Carol Aird   16

ANALYSE   19

Une histoire basée sur la propre expérience de Highsmith.   19
Un pas en avant pour les romans de gare lesbiens   20
Le passage à l'âge adulte   21
Une histoire d'amour   23

POURSUITE DE LA RÉFLEXION   25

Quelques questions à méditer...   25

AUTRES LECTURES   27

Edition de référence   27
Études de référence   27
Sources supplémentaires   27
Adaptations   27

PATRICIA HIGHSMITH

ROMANCIÈRE AMÉRICAINE

- **Née à Fort Worth en 1921.**
- **Décédée à Locarno en 1995.**
- **Travaux notables :**
  - *L'étranger dans un train* (1950), roman
  - *Le talentueux M. Ripley* (1955), roman
  - *La rançon d'un chien* (1972), roman

Patricia Highsmith est l'un des auteurs de thrillers et de romans policiers les plus importants du XXe siècle. Son œuvre explore les fondements psychologiques des esprits criminels et étudie les questions philosophiques qui se cachent derrière le crime, notamment les notions de bien et de mal.

Un certain nombre de ses romans explorent la personnalité des criminels et cherchent à découvrir comment une personne peut s'écarter suffisamment des normes sociales pour devenir un meurtrier.

Highsmith a écrit 22 romans et plusieurs recueils de nouvelles et d'essais, et ses œuvres ont été adaptées de nombreuses fois au cinéma et au théâtre. Elle est devenue célèbre pour la première fois après qu'Alfred Hitchcock (1899-1980) a adapté son roman *Strangers on a Train* en 1951, et sa carrière s'est étendue sur cinq décennies. L'une de ses œuvres les plus importantes est la série Ripley, communément appelée la « Ripliade », qui a débuté avec

Le talentueux M. Ripley et suit la vie d'un charmant escroc et tueur en série.

Dans sa vie personnelle, Highsmith était connue pour ses manières hostiles et son caractère reclus. Tout au long de sa vie, Highsmith a eu des problèmes d'abus d'alcool et a souffert de dépression cyclique, ainsi que d'un certain nombre d'autres conditions physiques et mentales.

CAROL

L'AMOUR AVEC UNE FIN HEUREUSE

- **Genre :** roman
- **Edition de référence :** Highsmith, P. (1984) *Carol*. Tallahassee : Naiad Press.
- **1ère édition :** 1952
- **Thèmes :** amour, rencontres fortuites, droits des LGBT, relations amoureuses, passage à l'âge adulte.

Carol est le deuxième roman de Patricia Highsmith. Il explore comment deux femmes très différentes (une blonde riche et malheureuse en ménage et une bohémienne solitaire de 19 ans) tombent amoureuses à New York dans les années 1950, et les obstacles qu'elles doivent affronter.

Highsmith s'est inspirée de sa propre expérience pour écrire ce roman : alors qu'elle travaillait comme vendeuse dans un grand magasin, elle s'est entichée d'une cliente, une femme riche, beaucoup plus âgée, portant un manteau de fourrure, qui lui a demandé une poupée. C'est à partir de cette rencontre et plus tard cette nuit-là, dans un état fiévreux, que Highsmith a écrit la majeure partie de l'intrigue du livre.

Si, lors de sa première publication en version cartonnée, le roman a reçu des critiques mitigées, il est devenu extrêmement populaire dans sa version de poche. Des centaines de milliers de lecteurs se sont intéressés à cette histoire d'amour fictive entre deux femmes qui se termine bien, cas extrêmement rare.

Au départ, Highsmith a publié *The Price of Salt* sous le pseudonyme de Claire Morgan. Dans la postface de 1989 à la réédition (publiée sous le nom de *Carol* sous le propre nom de Highsmith), Highsmith explique qu'elle a agi ainsi par crainte d'être étiquetée comme écrivain de fiction lesbienne, tout comme elle avait été étiquetée comme écrivain de mystère et de crime après la publication de *Strangers on a Train*.

RÉSUMÉ

UNE RENCONTRE QUI CHANGE TOUT

Thérèse Belivet, une jeune fille de 19 ans, travaille dans un grand magasin appelé Frankenberg, en attendant sa première expérience professionnelle liée à sa véritable passion : la conception de décors de théâtre. Elle mène une vie solitaire (son père est mort et sa mère l'a abandonnée), et son seul compagnon est son petit ami Richard. Cependant, elle n'est pas particulièrement amoureuse de lui et ne se voit pas passer son avenir avec lui.

Un jour, une élégante femme portant un manteau de fourrure, Carol, achète une valise au comptoir de Thérèse et revient ensuite chercher une poupée, laissant son adresse pour la livraison. Thérèse se sent étrangement attirée par cette femme et décide de lui envoyer une carte de Noël.

Carol l'appelle chez Frankenberg, amusée et intriguée par la carte de Thérèse, et l'invite à déjeuner avec elle. Au cours du déjeuner, Carol se montre intéressée à connaître la vie de Thérèse et l'invite à venir chez elle le dimanche.

Thérèse est ravie d'avoir rencontré Carol, bien qu'elle ne soit pas sûre de pouvoir appeler ces sentiments de l'amour, car elle n'a jamais entendu parler d'une telle chose entre femmes. Elles se retrouvent chez Carol et se rapprochent, mais leur journée est interrompue par l'arrivée de Harge, le futur ex-mari de Carol, qui vient chercher des affaires pour Rindy, leur fille. Il n'apprécie pas la présence de Thérèse dans la maison, et cette dernière décide de partir.

UN SENTIMENT SANS NOM GRANDIT

Le lendemain, Carol passe chercher Thérèse chez Frankenberg et lui explique qu'elle et Harge divorcent. Plus tard, elles passent la journée ensemble à acheter un sapin de Noël et, comme il se fait tard, Thérèse passe la nuit dans la chambre d'amis.

Le lendemain matin, Abby, une amie de Carol, vient lui rendre visite chez elle. Thérèse se rend compte qu'elles ont une relation très proche et se sent légèrement envieuse. Abby suggère à Carol de partir en voyage pour oublier ses problèmes de divorce.

En passant Noël avec Richard et sa famille, Thérèse se rend compte qu'elle n'aime pas Richard, mais qu'elle préfère Carol. Elle obtient également son premier emploi de quelques semaines en tant que décoratrice.

Carol invite Thérèse à faire le voyage avec elle et Thérèse accepte, surtout après que Carol se soit ouverte à elle sur la façon dont Harge voulait la contrôler pendant leur mariage et la façon dont leur mariage a pris fin.

Lorsque Carol lui remet un chèque pour les frais du voyage, Thérèse refuse de l'accepter et le laisse dans la chambre d'amis de Carol. Par erreur, elle laisse également une lettre secrète qu'elle a écrite à Carol, dans laquelle

elle lui explique ses sentiments romantiques pour elle. Avant le voyage, Thérèse rompt avec Richard, qui en est très triste.

LE ROAD TRIP : UNE ÉVASION ET UN AMOUR SINCÈRE

Carol et Thérèse partent en voyage sans destination précise. Pendant les premiers jours de leur voyage, elles se rapprochent et se sentent plus libres de se raconter des détails sur leur vie passée.

Un jour, Thérèse remarque que Carol transporte un revolver dans sa valise. Carol dit que c'est celui de Harge et qu'elle espère ne pas avoir à s'en servir.

Lorsqu'elles arrivent à Chicago et boivent pour fêter le bonheur de leur voyage, Thérèse pense à demander à Carol de coucher avec elle, mais elle ne le fait finalement pas. La nuit suivante, elles s'avouent toutes deux leurs sentiments et couchent ensemble.

Lorsque Thérèse tente de toucher le bras de Carol en public le lendemain, Carol l'avertit de ne pas le faire et lui explique qu'elle ne veut pas répéter ce qui s'est passé avec Abby. Elle explique qu'elles ont eu une relation amoureuse dans le passé qui ne s'est pas bien terminée car Harge l'a découvert.

L'AMOUR EN DANGER

Un télégramme d'Abby arrive, les avertissant que Harge a engagé un détective pour les suivre, afin d'accuser Carol de comportement indécent pour tenter d'éloigner Rindy d'elle. Elles sont terrifiées, mais refusent d'abandonner et tentent de semer le détective.

Dans leur chambre d'hôtel à Denver, elles trouvent un micro, et plus tard sur l'autoroute, elles obligent le détective à arrêter sa voiture. Carol envisage de le tuer, mais le paie pour les bandes enregistrées, même s'il dit qu'il a déjà envoyé la plupart à New York.

Après avoir appelé Abby, elles décident que Carol prendra l'avion pour New York tandis que Thérèse restera sur la route avec la voiture de Carol, en attendant que cette dernière règle sa situation. À New York, Carol apprend que Harge a trouvé la lettre d'amour de Thérèse cachée dans la chambre d'amis, qui sera utilisée contre Carol lors du procès.

CAROL S'ABANDONNE ET THÉRÈSE EST TRANSFORMÉE

Carol envoie une lettre à Thérèse pour lui dire qu'elle a décidé de se rendre au procès : les juges considèrent leur relation comme immorale et lui ont fait promettre que, si elle veut voir sa fille quelques semaines par an, elle ne doit plus jamais revoir Thérèse.

Thérèse se sent trahie par Carol et déprime. Cependant, un jour, elle commence à se sentir mieux : elle réalise qu'elle est jeune et talentueuse et commence à envisager de se construire une nouvelle vie, plus mature et plus confiante. Lorsque Abby l'appelle pour lui dire que Carol veut avoir de ses nouvelles, Thérèse refuse d'abord de la contacter, mais finit par accepter de rencontrer Carol pour lui rendre la voiture.

Carol et Thérèse se retrouvent pour prendre le thé et Carol dit que, lors du procès, elle a finalement refusé de promettre de ne plus jamais revoir Thérèse. En conséquence, elle ne peut pas voir Rindy pour le moment. Carol ajoute qu'elle a acheté un appartement et demande à Thérèse d'emménager avec elle, mais Thérèse décline son invitation, craignant que Carol ne lui brise à nouveau le cœur. Elles terminent leur rendez-vous, car Carol doit retrouver des gens dans un autre restaurant et Thérèse se rend à une fête.

À la fête, Thérèse rencontre une jeune actrice séduisante qui semble très intéressée par elle, mais Thérèse réalise qu'elle ne ressentira jamais la même chose pour quelqu'un que pour Carol. Thérèse va retrouver Carol au restaurant et lui dire qu'elle veut passer sa vie avec elle. Elle arrive à la salle à manger, les regards des deux femmes se croisent à travers la pièce et elles se sourient.

ÉTUDE DE CARACTÈRE

THÉRÈSE BELIVET

Thérèse Belivet est une jeune fille solitaire de 19 ans dont la relation avec Carol la fait passer du statut d'adolescente timide et indécise à celui d'adulte résolue et déterminée.

Le père de Thérèse est mort quand elle était plus jeune et sa mère l'a pratiquement abandonnée à l'âge de 14 ans dans un pensionnat tenu par des religieuses. Elle a grandi dans la solitude et, avant de rencontrer Carol, ses relations sociales sont rares : son petit ami Richard est presque le seul sur lequel elle peut compter.

Cependant, elle ne s'investit pas émotionnellement dans sa relation avec Richard. Elle ne pense pas être amoureuse de lui et n'a pas envie de faire des projets avec lui, comme un voyage en Europe. Lorsque Carol lui demande pourquoi elle est dans une relation avec Richard, Thérèse mentionne qu'il est gentil et qu'il a une famille dans laquelle Thérèse se sent en sécurité.

Elle est extrêmement introvertie et, bien qu'elle ait de nombreuses pensées en tête, elle a souvent du mal à les exprimer. Par exemple, bien qu'elle soit pratiquement désengagée de sa relation avec Richard, elle n'ose pas y mettre fin. Il en va de même pour Carole, à tel point qu'elle lui demande souvent ce qui se passe dans sa tête.

Lorsqu'elle rencontre Carol, la vie et la personnalité de Thérèse sont complètement transformées. Lentement, elle est capable de reconnaître ses sentiments pour Carol et de les laisser évoluer vers une relation, avec des responsabilités et un véritable engagement.

Cette relation entraîne Thérèse dans un tourbillon d'émotions : d'abord, elle s'éprend complètement de Carol. Lorsqu'elles confirment leurs sentiments mutuels, Thérèse est en extase. Ensuite, lors de la persécution du détective et de la rupture, son anxiété grandit et se transforme en désolation, mais elle parvient à se renforcer grâce à ce qui s'est passé avec Carol. Enfin, ce n'est qu'après avoir tout traversé qu'elle peut commencer à vivre avec Carole sur un pied d'égalité. Elle est moins dépendante et a davantage confiance en elle et en ses capacités.

Sa carrière se transforme également grâce à sa relation avec Carol. Au début du livre, Thérèse travaille dans un grand magasin, mais elle s'y sent contrainte, car sa véritable ambition est de travailler comme décoratrice au théâtre. Sur le plan professionnel, ce n'est que grâce à la détermination des autres qu'elle parvient à décrocher son premier emploi. Elle s'inquiète de l'avenir et de devenir ce qu'elle veut être, mais elle a trop peur pour s'y mettre elle-même. Grâce au réconfort de Carol et à son esprit d'aventure, elle est capable de trouver ses propres opportunités à la fin du livre.

Sa transformation vers l'autonomisation est également visible. Après avoir surmonté sa rupture avec Carol,

Thérèse décide de dépenser de l'argent pour acheter des vêtements élégants et changer de coiffure. Cette évolution est remarquée par de nombreux personnages, dont Carol, qui mentionnent qu'ils ont failli ne pas la reconnaître à la fin du livre.

CAROL AIRD

Carol est une femme d'une trentaine d'années, issue d'un milieu aisé, dont la vie est également complètement bouleversée par sa rencontre avec Thérèse.

Tout ce que les lecteurs apprennent sur Carol se fait du point de vue de Thérèse, révélant ainsi sa personnalité telle que Thérèse la découvre. En fait, beaucoup des pensées de Carol sont révélées par ses actions extérieures. Par exemple, les lecteurs peuvent remarquer qu'elle est anxieuse lorsqu'elle propose de prendre un verre ou commence à fumer des cigarettes.

Les caractéristiques de Carol (grande, blonde et aux yeux bleus, avec une voix sereine et toujours impeccablement habillée) font d'elle une femme extrêmement séduisante qui se fait facilement remarquer en public.

Elle est farouchement indépendante dans un monde où les femmes de sa position sont censées être dociles et rester à la maison. Cela est visible lorsque, pendant son voyage avec Thérèse, elle explique comment le fait qu'elle ait ouvert un magasin de meubles avec Abby a mis Harge et sa famille en colère.

En fait, même si à la fin de leur mariage, ils se sont lassés l'un de l'autre, son divorce avec Harge devient difficile et vengeur, principalement à cause de l'indépendance de Carol. Comme Carol l'explique, lorsque Harge l'a épousée, il la considérait comme un objet à posséder plutôt que comme une vraie femme. Lorsque Carol a entamé une relation avec Abby, Harge a senti que sa fierté était menacée, et il en va de même lorsqu'elle rencontre Thérèse.

Elle n'a pas peur de se présenter comme une femme sûre d'elle, mais hésite à montrer ses vulnérabilités. Pour elle, le divorce avec Harge est une situation extrêmement douloureuse, surtout parce qu'il implique sa fille Rindy. Au début, Carol ne s'appuie pas sur Thérèse pour obtenir du soutien, et elle discute à peine de son divorce avec Thérèse. C'est parce qu'elle pense que c'est à elle d'y faire face et que Thérèse est trop jeune pour savoir ou pour porter ce poids. Au fil du roman, et surtout après le voyage qu'elle fait avec Thérèse, elle est plus à même de se montrer à Thérèse.

Carol hésite à s'engager ou non dans l'amour de Thérèse. Ses raisons sont principalement liées à son expérience passée : lorsqu'elle s'est engagée dans une relation avec Abby, elle a réalisé qu'avoir une relation avec une femme impliquait de se confronter au monde, que celui-ci n'accepterait pas une relation homosexuelle. Cependant, elle hésite également à propos de cette relation en raison de la jeunesse et du manque d'expérience de Thérèse. Elle pense que cette relation pourrait nuire à l'avenir de Thérèse, car les relations lesbiennes ne sont pas bien vues dans la société, et elle hésite donc à lui causer de la détresse. Enfin, Carol est également réticente parce qu'une relation avec Thérèse signifierait qu'elle ne pourrait pas rester en contact avec Rindy après le divorce.

La confiance de Carol est lentement érodée par des facteurs extérieurs, principalement par le détective qui les suit pendant le voyage, et par les dures conditions de divorce de Harge.

À la fin du livre, elle retrouve sa force et sa fierté. En fait, pendant le procès, elle refuse de promettre qu'elle n'aura jamais de relation amoureuse avec Thérèse. Pour elle, il est clair que les juges masculins sont en colère parce qu'une femme séduisante n'est pas à la portée des hommes.

ANALYSE

UNE HISTOIRE BASÉE SUR LA PROPRE EXPÉRIENCE DE HIGHSMITH.

Highsmith a expliqué dans la postface de la réédition de 1989 du roman qu'elle s'était inspirée de sa propre expérience pour écrire ce livre.

À la fin de l'année 1948, sa carrière d'écrivain n'étant pas encore épanouie, elle prend un emploi dans un grand magasin, tout comme Thérèse dans le livre. Elle venait de terminer l'écriture d'*Étrangers dans un train* et, en attendant sa publication, elle avait besoin de gagner un peu d'argent.

Highsmith explique qu'un jour, une femme blonde plus âgée est entrée dans le magasin et a acheté une poupée à son comptoir, et qu'elle en est immédiatement tombée amoureuse. La femme portait un manteau de fourrure, tout comme Carol dans le roman.

Cette nuit-là, Highsmith a écrit l'intrigue du roman en deux heures environ. Elle s'est réveillée le lendemain avec la varicelle. Selon Highsmith, cette maladie et la fièvre qui l'accompagnait l'ont probablement aidée à imaginer l'intrigue de *Carol*.

Ses propres expériences en tant qu'écrivaine (encore) insatisfaite et en pleine maturité se reflètent dans le personnage de Thérèse dans *Carol*.

UN PAS EN AVANT POUR LES ROMANS DE GARE LESBIENS

Les romans en fascicules sont des romans de poche publiés en Amérique au début du XXe siècle. Ces œuvres de fiction étaient peu coûteuses et donc extrêmement populaires, avec des titres qui touchaient des millions de personnes. Leurs thèmes comprenaient les histoires de cow-boys, le crime, la drogue et les gangsters, et ils étaient généralement vendus dans les drugstores ou les gares ferroviaires ou routières.

À l'époque de la publication de *The Price of Salt*, un certain nombre d'autres romans de gare avaient été écrits sur deux femmes tombant amoureuses. Parmi ceux-ci, citons *Women's Barracks* de Tereska Torrès (publié en 1950) et *Spring Fire*, écrit par Marijane Meaker sous le pseudonyme de Vin Packer (écrit en 1952). Ces deux romans se sont vendus à plus d'un million d'exemplaires.

Ces deux livres, ainsi que d'autres semblables, sont qualifiés de « pulp fiction lesbienne ». Le point commun de la plupart d'entre eux est que, comme l'ont déclaré de nombreux auteurs des années plus tard, les éditeurs ont forcé les écrivains à faire en sorte que les personnages meurent à la fin ou soient admis dans un établissement psychiatrique. Les relations lesbiennes étaient souvent appelées « relations interdites », et l'objectif des éditeurs était d'éviter de représenter l'homosexualité comme une chose positive, afin de surmonter la censure.

Carol y fait référence dans *Carol,* lorsqu'elle dit avoir entendu dire que certaines filles aiment les filles, mais ajoute que les livres ont toujours dit que cela ne se terminait jamais bien et que c'était quelque chose qui disparaissait avec l'âge.

The Price of Salt est devenu le premier roman à présenter deux femmes tombant amoureuses et connaissant une fin heureuse. En outre, contrairement aux romans de gare lesbiens les plus populaires, *The Price of Salt* présente ses personnages comme étant sains d'esprit.

Après avoir été réédité en livre de poche, le roman a connu un énorme succès, reprenant là où le reste des romans de gare lesbiens s'étaient arrêtés. À partir de là, des fins plus réjouissantes sont devenues possibles.

Comme l'explique Highsmith dans la postface imprimée dans la réédition du roman en 1989, le roman a été accueilli par un grand nombre de personnes qui se sont vues représentées par l'intrigue et ont apprécié le fait que ces histoires d'amour n'aient pas toujours une fin tragique. Highsmith décrit comment, après la publication du roman, elle a reçu chaque jour des dizaines de lettres (adressées à Claire Morgan, son pseudonyme) la remerciant d'avoir écrit le livre et lui demandant même des conseils. Highsmith ajoute qu'elle était heureuse d'avoir publié un livre qui soutenait et aidait certaines personnes qui menaient une vie solitaire.

LE PASSAGE À L'ÂGE ADULTE

The Price of Salt est construit autour du passage à l'âge adulte de Thérèse et de la manière dont ce changement façonne sa relation avec Carol.

Thérèse subit une transformation majeure au cours du roman. Au début du livre, elle manque de confiance en elle et est incapable d'exprimer ses propres préférences. Elle a également du mal à poursuivre ses propres objectifs de carrière, et n'avance vers eux que lorsqu'elle y est poussée par Richard ou par les connaissances de ce dernier. Sur le plan romantique, elle ne s'investit pas dans sa relation et ne semble pas intéressée par une relation sexuelle avec Richard ou par des projets d'avenir avec lui. Elle semble dériver dans la vie plutôt que de trouver sa propre voie et de devenir elle-même.

Sa rencontre avec Carol la fait sortir de sa zone de confort et transforme complètement sa personnalité. Au début, cependant, leur relation est inégale. D'un côté, Carol est une femme forte, indépendante et mûre qui a toujours trouvé la force de vivre sa vie comme elle l'entend. De l'autre, Thérèse commence tout juste à prendre conscience de ce qu'elle veut et de ce dont elle a besoin pour s'épanouir. Ce déséquilibre se poursuit jusqu'au moment où Carol rompt avec Thérèse par une longue lettre.

Thérèse a alors le cœur brisé et se retrouve à nouveau seule. Cependant, pendant les jours qu'elle passe seule en attendant de rentrer à New York après le voyage en voiture, Thérèse subit une transformation majeure, qui est également visible de l'extérieur. Elle achète de nouveaux vêtements, se fait une nouvelle coupe de cheveux et commence à porter du rouge à lèvres. En revanche, elle refuse de voir ou d'écrire à Carol, même si Abby le lui demande.

À la fin du livre, Thérèse est devenue une adulte qui sait ce qu'elle veut et va le chercher. Cela se voit dans sa dernière rencontre avec Carol. À ce stade, Carol est devenue plus vulnérable (son divorce a échoué et elle n'est pas autorisée à voir son enfant), et c'est elle qui demande à Thérèse d'emménager avec elle dans son nouvel appartement. Bien que Thérèse refuse d'abord l'offre (de peur de redonner le pouvoir à Carol et de devenir ainsi vulnérable à une nouvelle rupture potentielle), elle finit par accepter. Cependant, elle est maintenant devenue une adulte et un individu beaucoup plus puissant.

UNE HISTOIRE D'AMOUR

Carol est principalement une histoire d'amour qui dépeint le fait de tomber amoureux du point de vue de quelqu'un qui tombe amoureux pour la première fois (dans ce cas, Thérèse).

Thérèse a du mal à exprimer ses sentiments, à la fois parce que c'est la première fois qu'elle tombe amoureuse, et parce qu'elle est tombée amoureuse d'une femme. Son amour est néanmoins extrêmement puissant, comme en témoigne son premier voyage chez Carol : lorsque Carol les conduit dans un tunnel souterrain, Thérèse souhaite que le tunnel s'effondre sur elles, les recouvrant pour qu'elles soient ensemble pour toujours.

Cependant, leur amour est jugé inapproprié par la société de l'époque et se heurte donc à un certain nombre d'obstacles. Comme Carol le dit à Thérèse, la plupart des gens pensent que leur amour est une abomination, et les rejetteront et les puniront pour leur relation. Carol est également très prudente lorsqu'il s'agit de céder à leur relation, car elle pense que cela pourrait nuire à Thérèse à l'avenir.

Le plus grand obstacle à leur amour est le fait que Carol est obligée de choisir entre sa fille et Thérèse à cause d'un tribunal dont la seule accusation est la sexualité de Carol. Cependant, Carol surmonte cette interférence et, en tant que femme indépendante, elle refuse de se soumettre à ce que le tribunal veut qu'elle fasse, car cela irait à l'encontre de sa propre personnalité.

POURSUITE DE LA RÉFLEXION

QUELQUES QUESTIONS À MÉDITER...

- L'adaptation cinématographique du *Prix du sel* par Todd Haynes a modifié de nombreux éléments de l'intrigue. Dressez la liste des différences et dites si ces changements apportent un plus à l'intrigue ou non.
- Le personnage d'Abby est beaucoup plus présent dans le livre que dans l'adaptation cinématographique de Todd Haynes. Réfléchissez à la manière dont ce personnage aide Carol et Thérèse à évoluer dans leur relation.
- Considérez comment Carol n'est connue des lecteurs qu'à travers le regard que Thérèse porte sur elle, et comment le personnage de Carol est créé en révélant peu à peu sa personnalité et ses secrets. Quels sont les effets de cette approche ?
- Discutez des commentaires du roman sur la persécution de la communauté LGBT, principalement exprimés par Carol après son procès.
- Explorez comment la personnalité de Thérèse évolue, passant d'immature et peu sûre d'elle à adulte, et notez les moments clés qui construisent ce changement.
- La relation entre Carol et Thérèse connaît un changement majeur de pouvoir, Carol étant la plus puissante et Thérèse ayant l'avenir de leur relation entre ses mains à la fin. Marquez les moments qui font évoluer cette relation.

- Le roman est basé sur une rencontre de Highsmith elle-même avec une femme plus âgée. Examinez s'il y a d'autres éléments autobiographiques, en particulier si le personnage de Thérèse peut être lié d'une certaine manière à la jeune Highsmith.
- Analysez le personnage de Harge, la façon dont son rôle de mari possessif opprime Carol en tant qu'épouse, et ce que cela révèle des idées de Highsmith sur le mariage.

AUTRES LECTURES

EDITION DE RÉFÉRENCE

- Highsmith, P. (1984) *The Price of Salt*. Tallahassee: Naiad Press.

ÉTUDES DE RÉFÉRENCE

- Hart, K. (2011) La vie intérieure de Patricia Highsmith. *Cet enregistrement.* [En ligne]. [Consulté le 22 novembre 2018]. Disponible à l'adresse suivante: <http://thisrecording.com/today/2011/8/15/in-which-patricia-highsmith-endures-a-depression-equal-to-he.html>
- Smith, N. (2015) Quand Patricia Highsmith offrait aux lecteurs gays une fin pleine d'espoir. *The New Republic.* [En ligne]. [Consulté le 22 novembre 2018]. Disponible sur: <https://newrepublic.com/article/124220/patricia-highsmith-offered-gay-readers-hopeful-ending>

SOURCES SUPPLÉMENTAIRES

- Highsmith, P. (2001) *Plotting and Writing Suspense Fiction.* Londres: St. Martins Griffin.
- Wilson, A. (2010) *Beautiful Shadow: A Life of Patricia Highsmith.* Londres: Bloomsbury.

ADAPTATIONS

- *Carol.* (2015) [Film]. Todd Haynes. Dir. États-Unis: The Weinstein Company.

Votre avis nous intéresse !
Laissez un commentaire sur le site de votre librairie en ligne
et partagez vos coups de cœur sur les réseaux sociaux !

lePetitLittéraire.fr

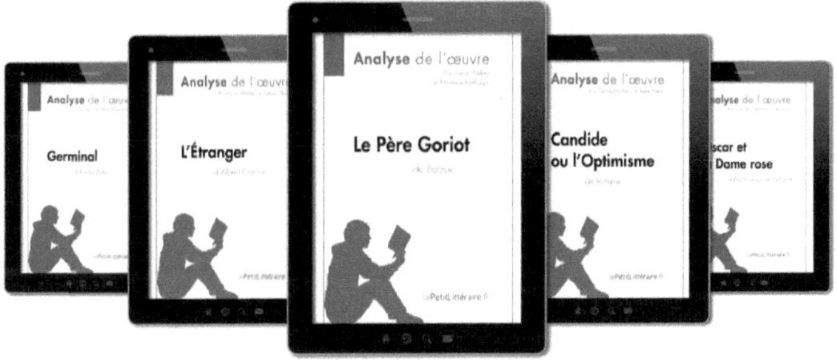

- des analyses de livres
- des fiches de lectures
- des commentaires littéraires
- des questionnaires de lecture
- des résumés

Retrouvez
notre offre complète sur
lePetitLittéraire.fr

L'éditeur veille à la fiabilité des informations publiées,
lesquelles ne pourraient toutefois engager sa responsabilité.

© LePetitLittéraire.fr, 2023. Tous droits réservés

www.lepetitlitteraire.fr

ISBN version numérique : 9782808684811
ISBN version papier : 9782808684811
Dépôt légal : D/2023/12603/1061

Conception numérique : Primento,
le partenaire numérique des éditeurs.